槇かをり句集

音の風景

Oto no fuukei

Maki Kaori

ふらんす堂

序

かをりさんとの出会いは、荻窪のカルチャー教室でありもう十六年も前のことになる。それまで作句経験はないと伺ったが、印象に残った句は次の一句。

チェロの音は胎内鼓動夜半の冬

初心とは思えない着想と言葉遣い、取合せの妙が効いている。もともと音楽を愛好していたとはいえ、「胎内鼓動」という暗喩を用いたところに驚かされた。

それからほどなくして思いがけない夫君の他界という大きな悲しみに遭われるが、少しのお休みを経て復帰された。そこから本格的に俳句に取り組まれることになり、好きな槇の木から得た俳号「槇かをり」として歩み出した。

当時、ランブルには神奈川句会という毎月吟行の鍛錬句会があった。そこにかをりさんは欠かさず参加された。

万緑や大地に根ざす「母の塔」
縞馬の縞と戯むる冬日差
あたたかや阿弥陀が守るクルス紋

「母の塔」は、川崎市生田緑地にある岡本太郎美術館のシンボルタワーであり、豊穣で力強いフォルムが独特。母かの子と太郎自身の生誕地への想いが託されている。その塔を、緑地にあふれる「万緑」の生命力が両手を広げておおらかに受け止めているのだと捉えた。「縞馬」は横浜市の動物園ズーラシアでの作。できるだけ野生の生息環境に近い展示ながら動物との距離が近い。縞馬の「縞」に「冬日差」が一体化したような感覚が愉しい。「阿弥陀が守るクルス紋」は、鎌倉の光照寺。山門欄間にはクルスの紋が掲げられ、隠れキリシタンの燭台も残されていた。寺が庇護していた史実を、「あたたか」という慈しみ深い季語が見守っている。

また、ランブル恒例の京都花見や富士山開などの吟行にも積極的に参加された。「東京生まれだから、ふるさとがないようなもの。ふるさとを恋う思いで旅をするの」と、かをりさんは語る。

神無月ふれし師の碑の大きこと
銀河濃し賢治求むる理想郷
薪能満月残しシテ去りぬ
仁和寺や己が分け入る花の雲
白壁の杉玉青し花の雨
宇治橋の木理を撫づる桜東風
山気満つ鞍馬の山の雲珠桜
夏霧や声を頼りの熔岩の道
雲海の千波万波や音もなし

「師の碑」は、新潟福島潟の上田五千石句碑。神無月の潟の空に向かって立つ〈渡り鳥みるみるわれの小さくなり〉の碑の大ささを咄嗟に言いとめた。

「銀河濃し」は、花巻での作。俳句大会の後に外に出て歩いた時の星空は、幾世を経ても賢治の仰いだ空に変わりがないことを覚えたのである。「薪能」は、春の季語である興福寺の野外能。その日は見事な満月、静かな能の終幕が映像も雅に映し出されている。

京都花見句会は毎年花見の場所を違える。仁和寺・伏見・宇治・鞍馬などを訪ねるが、単に桜を描くのではなくその風土や歴史に分け入ることで、桜の気息を静かに感じとることができる。山開の二句は、まさに臨場感。夏霧や雲海に対峙する時、大いなる富士山への畏敬の念と信心が作句の力になる。

かをりさんは、大学時代に児童文学研究会において児童書に親しまれた。子どもが大好きなかをりさんは、現在読み聞かせのボランティアグループに属し、保育園や図書館などで絵本の読み聞かせを続けておられる。

狼が優しくなりぬ厄日の日

絵本読む余白の静寂霜のこゑ

狼は、きむらゆういちの絵本『あらしのよるに』からの着想。嵐の夜に真っ暗な小屋の中で出会ったオオカミとヤギが葛藤しながらも友情を深めていくという。万事を忌み慎む「厄日」だからこその狼の優しさがいとしく思われる。

絵本には絵に語らせて、言葉が少ないものも多い。そこをどう読むのかが読み手としての悩みであろう。声色や顔の表情に託し、静寂の中に「霜のこゑ」まで演出に加わるのかもしれない。

絵本に親しむ日常が、かをりさんの生き物への慈愛の眼を育んでいる。

一瞥を投ぐる蜥蜴の動かざる
悲しみを殻に抱へてかたつむり
あめんぼうなんぢはみづにもぐれるか

ちらっと見ただけで動かなくなった蜥蜴は、人の気配を感じたのである。ただ、逃げるのではなくそこに留まっていることの意外性を詠んだ。身を殻に閉じ込めている時のかたつむりは、牛歩の歩みさえも拒んでしまう。それを「悲しみを殻に抱へて」と察したのであろう。あめんぼうが唯一水にもぐるのは、産卵の時だという。親しみをこめて「なんぢは」とあめんぼうに問いかけたところは、絵本を読み聞かせしているような心地が感じられる。その核にあるのが童心であろう。童心が導きだす技法に比喩がある。比喩によって人間の生活に馴染み深い出来事を見せて諭すことを意図した物語を寓話というが、かをりさんの句中の比喩は寓話を心得ていると言えようか。

紙雛の翼のやうに袖たたむ

騙し絵のやうに飛び出す毒茸
蟻走るあみだ籤めく走り根を
初雪や嬰の涙か微笑か

三句目までが直喩、四句目が暗喩である。いずれも写生にとどまらない物語性があるものの、すべてを明かしていない神秘がポエジーを発生させている。
さて、本句集はかをりさんのご家族の風景が綴られ、写真を見るよりも鮮やかに句に残されている。

秋麗ユニティキャンドルいま灯る
みどり児よ冬星一つにぎりしめ
夏雲を蹴り上げ響く産声よ
姉立てば妹も立漕ぐ半仙戯
学舎は文武両道入学す

「冬星一つにぎりしめ」とその誕生を祝した柚奈さんは、早くも小学三年生。俳句に興味を持ち、市民文化祭のジュニア俳句大会に投句したところ、二年連続で優秀賞をいただいた。〈くちびるもしたもカラフルかきごおり〉〈風鈴をやさしくよぶよ海の風〉、その柔軟な詩ごころに感心する。かをりさんは全く手を入れてはいないが、「思いついたことを書いてごらん。言葉をくっつけてごらん。声を出して読んでごらん。自分の言葉でね」と、アドバイスはされたそうだ。今ではかをりさんにとって、最も身近で最も若い句友となっているようだ。

家族の風景に併せて、句集を貫く大事な風景が「音の風景」である。句集名ともなっているが、ランブルの三十句競詠の田園賞に応募されたタイトルの言葉である。かをりさんは十年続けて挑戦され、その度に高い評価を得た。そもそも音楽を愛好しフジコ・ヘミングの大ファンでもあるかをりさんは、日々の生活の中でさまざまな音に敏感である。

木の葉雨カーテンコール鳴りやまず
音あらば月の光は笙の笛
ポインセチア愛を響もす聖歌隊
連弾の指の漣春動く
休符なき雪解雫のワルツかな

音のあるもの、音なき音も心の耳が聴き留めて、詩に転化させる術を持っている。それは、武蔵野の地に七十年ほど居住されていることにも起因しているのであろう。散歩道には太田黒公園・角川庭園があり四季の彩りも豊かである。また多くの寺社も点在し、水鳥の集まる善福寺川など句材には困らない。依然に荻窪界隈をご一緒に歩いたことがあるが、道案内のかをりさんの表情は実にいきいきとしていたことを思い出す。

小春日や傘寿なほ沸く好奇心

句集『音の風景』は、かをりさんのこれまでの自分史であるが、あくまでも通過点である。今後も旅に遊び、音楽を楽しみ、絵本の読み聞かせで子どもたちに幸せを届け、そして俳句への飽くなき学びを進んでいかれることであろう。心より傘寿記念のご上梓をお祝い申し上げる。

令和七年　梅見月

上田日差子

音の風景＊目次

句集

音の風景

I

ユニティキャンドル

２０１０年（平成22年）～２０１４年（平成26年）

春潮の海膨らみて藍五色

飛石を踏み締めゆけば梅真白

町中の黄色集まりミモザ咲く
紙雛の翼のやうに袖たたむ

三十の瞳うららか読み聞かせ
手話の手に輝き初むる春の星

鐘撞くや桜吹雪の只中に
曼荼羅の金糸を照らす春の燭

不滅なる法灯のもと春愁
新緑と新緑結ぶ橋の白

摺り足のしたくなる道竹落葉

夏柑や海の光を家苞に

映画館出でてさざめく街薄暑

万緑や大地に根ざす「母の塔」

白夜かな午前零時の甲板に

涼しさや眠れる王の棺室

夏霧や声を頼りの熔岩の道
シルエット描く館の晩夏光

牧子　結婚式

秋麗ユニティキャンドルいま灯る

狼が優しくなりぬ厄日の日

濡縁に吾が心音と昼の虫
枕辺の吾と戯むるけふの月

秋日濃し張り出し窓の異人館

秋気澄むかつての記憶傾聴す

爽やかに余生力みぬ古希なれや

神無月ふれし師の碑の大きこと

もう一丁手締めのおまけ大熊手

風花や雁木通りの宿場町

へぎそばを手に巻き紡ぐ冬はじめ
木の葉雨カーテンコール鳴りやまず

チェロの音は胎内鼓動夜半の冬

縞馬の縞と戯むる冬日差

マフラーの似合ふ男に囚はれし

寒月に立つや館の男松

Ⅱ

水こだま

2015年（平成27年）～2017年（平成29年）

あらたまの光のみこむ鯉の口
待つことは信ずることやヒヤシンス

御影堂の檜皮を濡らす花の雨

総領の赤ちゃん返り忘れ霜

蒼空に玉解く芭蕉詩歌館

青梅や水琴窟の水こだま

一瞥を投ぐる蜥蜴の動かざる

青嵐辻講釈のこゑ高し

てんたう虫ゐる手はどちら当ててみよ

一滴に山の色込め滴れり

銀河濃し賢治求むる理想郷

次々に積もる椀こや天高し

柚奈　誕生

みどり児よ冬星一つにぎりしめ

売り声の大きはうへと年の市

嬰児の濡れし瞳よ冬すみれ

禅林の抹茶一服梅日和

大安の佳き日に届く雛かな
あたたかや阿弥陀が守るクルス紋

復活祭沼底に日の見え隠れ
千片の日の粒のせて花筏

山また山白一面の針槐

落し文円相に見る吾が心

雨籠めに藍のみなぎる濃紫陽花

悠々の恋の序曲や青林檎

青田風渚にせまる五能線
雲海の千波万波や音もなし

音あらば月の光は笙の笛

騙し絵のやうに飛び出す毒茸

山内の紅葉かつ散る人影に

一升餅背負はされし子小六月

指さして喃語おうおう冬の月

折鶴の折山いくつ切炬燵

むさし野の初空開く宮太鼓

奪衣婆の凄み凄まじ初閻魔

天声は海鳴りばかり絵踏かな

囀やレ点打つごとハンドベル

大仏に侍る小さき春の燭

座して聴く般若心経日永かな

青柳や千家に続く石畳

ムール貝の殻堆し薔薇の卓

膝小僧の傷を見する子夏来る

吾の杖にそつと寄り添ふ日焼の子

露草や少し重たき母の愛

迫り来る銀波鰯のトルネード

飴色のポトフの匂ふ寒露かな

箸に豆抓む二歳の小春かな

いづこより孀座を揺らす隙間風

午前二時ナースコールの音冴ゆる

Ⅲ

空の扉

2018年（平成30年）～2020年（令和2年）

初午や百の鳥居の朝日影

素描画の線も太めに春なれや

深川の粋な和船の花見かな
数多重の花屑濡らす京の雨

仁和寺や己が分け入る花の雲

裸形なる阿弥陀の丸みあたたかし

風に乗るパイプオルガン聖五月

万緑や胎動伝ふ服の皺

咲茉　誕生

夏雲を蹴り上げ響く産声よ

二歳児が妹にあふぐ団扇風

新涼の能楽殿の風の道

立秋の傘に弾くる雨の詩

隠沼の水面を叩く秋茜

バゲットのバターしみ入る白露かな

秋の日を編み込むやうに飴を練る

夜祭の坩堝揺るがす冬花火

青畝忌の街を響もすキャロリング

念願の旅の約束初電話

風はらむ花かたかごの独り言
立ち上がり嬉々と対面初ひひな

回遊の土橋石橋水の春

興福寺

薪能満月残しシテ去りぬ

一笛の闇に切り込む薪能

鶯張り鳴かせ始まる花の旅

花冷や筋は五本の築地塀

風薫る木枠の窓の奈良ホテル

音に知る上水速し青葉闇

クリムトの金色青むサングラス

さりげなく告げられしこと墓洗ふ

入相の「いと塚」弾く萩の風

汀女忌のこの指とまれ赤とんぼ

絵本読む余白の静寂霜のころ

観音の裳裾の襞の冬日かな

冬桜そつと胸中開くやう

初笑てんやわんやの冠者の所作

雨水かな鍬入れ柔き地鎮祭

春寒し逆手取られし言葉じり

春光や玉虫色の鳩の首

宿坊の黙のもてなし木の芽和

出来坊のうなじゆるりと春灯

火灯窓の組子に遊ぶ花の塵
白壁の杉玉青し花の雨

姉立てば妹も立漕ぐ半仙戯

柿若葉子らのこゑ飛び「けんけんぱ」

梅雨空の底ひを映す潦

走り根に小人のやうな梅雨きのこ

八月の凪わたつみの子守歌

初秋の夜風の渡る文机

新涼の枯山水の砂紋かな

お守りは幼の手形敬老日

小鳥来る開けつ放しの駐在所

鷹柱空の扉を開きつつ

木の実降るヴィオロン弾きのベレー帽
色あらば滅紫の吾が秋思

初雪や嬰の涙か微笑か

生きていくための負けん気一葉忌

綿虫の湧きて無音の鎮魂歌

菱紋の大き欄間の冬座敷

窓際に小さき古楽器冬館

列柱を抜けて広ごる冬日かな

彫刻の森を染めゆく冬夕焼

Ⅳ

鼓打つ音

2021年（令和3年）〜2022年（令和4年）

福笑まぬるる幼の得意顔

篁のこゑの尖りや春寒し

みちのくの風に膨らむ芽吹山

ビオトープ主は長き蝌蚪の紐

花屑の柔きほとぼり手に掬ふ

花過ぎの樹に伐採の予告札

ちぎり絵のうさぎ毳立つ朧月

風光る雑木林のさざめごと

道草のこゑの高らか麦の秋

あねいもと桜桃のやう似て非なる

蘆茂る櫂の軋めく音ばかり
小さき手に天道虫の星数ふ

絵本読むころの揺らめく蚊帳の中

新涼や三和土に下ろすスニーカー

爽やかや白磁に注ぐカモミール

隣家より鼓打つ音秋の昼

宵の秋休符の多きフルスコア

武蔵野の秋光紡ぐ糸車

尖塔の幾何学模様秋日濃し

子ら去りて滑り台の上小鳥来る

こきりこの里の民家や吊し柿

秋時雨老舗の長き竹矢来

賜りし喜寿の紫小春かな

ひもすがら晴着脱がぬ子七五三祝

ポインセチア愛を響もす聖歌隊

不動尊在す二本の冬の滝

障子閉づ四畳半なる夜の静寂

手秤に量る三寒四温かな

寅の目の気迫のこもる年賀状

立春のひかりを包むオムレット

福音は分かち合ふもの花ミモザ

流氷に立てばロシアの地の匂ひ

薄ら日の御苑の珠ぞ白木蓮

妖精のやうな気根や四月馬鹿

春水の如くに増ゆることば数

春潮のひかり押し上げ入港す

大岩の陰にぽぽぽと菫草

山々の霞の帯や京の朝

学舎は文武両道入学す

入学す前歯六本歯ぬけの児

落城の空堀深し夏落葉

花栗の匂ひ重たし雨曇り

竹垣の棕櫚縄白む旱梅雨

青鷺の不動の五分雲流れ

神木の下に人待つ緑雨かな

眼裏に星座を結ぶ籐寝椅子

朝焼の聖池に映る遺跡かな

大文字消えて河原の闇深し

風の盆下駄の手向かふ下り坂

白砂へ零れ落ちさう星月夜

竹の春書院に続く長廊下

終焉の間に座し見遣る糸瓜棚

かまどうまパン祖の土間の生き柱

夕影の彩を織りなす紅葉山

冬紅葉七堂伽藍染め上げぬ

山盧

火吹竹吹いて持てなす亭主かな

年用意飛騨春慶の椀五客

V

指の漣

２０２３年（令和５年）～２０２４年（令和６年）

折鶴に今年の息を吹き入れぬ

梅が香や薄紙被く昼の月

麗かや我らの俳誌三百号

可惜夜の枝垂れ桜の息づかひ

振り向けば春三日月のねねの道

山城の湧水縷々と水の春

宇治橋の木理を撫づる桜東風
春ショールけふは銀座の風はらむ

聖五月風が風呼ぶイヤリング

一輪の深紅の薔薇の自尊心

卯波立つ指呼に凜々しき龍馬像

風薫る男手前の野点傘

池の面の夕日蹴散らす水馬

蟻走るあみだ籤めく走り根を

夕映えの濛を漂ふ糸蜻蛉

断崖に片虹立てり越の空

路地裏の似顔絵描きやパリー祭

初めての俳句受賞よ日焼の子

八月や検閲済みの古葉書

指先に風を遊ばす風の盆

白樺の薄き肌や涼新た
美ら海の白砂さらさら星月夜

栗おこは蒸すよ知命の誕生日

職人は一人と決めし松手入れ

観音の背を斜めに夕時雨

綿虫の群れて夕日にのまれけり

茶の花や松の廊下に続く道

冬ざれの尖る石積み見附跡

天地の闇引き締むる寒の月

かたことの嬰のくちびる梅ふふむ

薄氷や封じ込めたる恋心
連弾の指の漣春動く

休符なき雪解雫のワルツかな

春禽や地表波打つ木の根道

山気満つ鞍馬の山の雲珠桜

囀や恋の膨らむビブラート

薩摩琵琶

弦切れしほどの怨念春嵐

魂震ふ「ラ・カンパネラ」や聖五月

指腹に一芯二葉新茶摘む

ぬばたまの闇に螢が点描画

みすずかる信濃の山や夏霞

万緑や諏訪人誇る御柱

悲しみを殻に抱へてかたつむり

老いらくの恋の気泡や水中花

あめんぼうなんぢはみづにもぐれるか

句碑の辺に五千石忌のつづれさせ

幸せの道は俳句よ畦秋忌

坪庭の糸の緩びし秋簾

早《はや》鞆《ともの》瀬《せ》戸《と》を見遣れば秋思なほ

湖底へと続く路線や水澄めり

焰吐く地獄谷にも虫の声
最果ての色なき風の只中に

秋潮の積丹ブルー煌めけり

小春日や傘寿なほ沸く好奇心

老僧の捨て鐘撞くや冬の空

富士を背に寒九の水を供へけり

せせらぎの音の膨らみ春近し

Ⅵ

田園賞

第17回（2015年）〜第26回（2024年）

「この街に」

あらたまの光浴びをり三世代
淑気満つ詩歌館在るわが街ぞ

ミモザ咲く音楽祭の街となる

同窓の母子見てゐる桜かな

この街に抱かれ育ち街うらら

春愁の孤独は淋しひとり好き

来し方はおほよそよろし冷奴
ドビュッシー奏づるピアノ月明り

訪ねゆく文士の旧居鰯雲

道標の絵硝子仰ぐ小六月

「江戸に遊ぶ」

辛夷咲く長屋木戸開く明けの六つ

梅が香や古地図に辿る芭蕉庵

茶屋に聞く江戸の小咄花の雨

船宿の卯月吉日大福帳

夕立や船宿に聞く時の鐘

掘割の揺らぐ猪牙船虹立てり

端居して暫し長屋の人となり

天高し擬宝珠誇る日本橋

時雨忌やぬり絵に辿る奥州路

天狼や町木戸閉づる夜の四つ

白川や桜三分の川明り

「折折いとをかし」

篝火に黒き鵜匠の浮き立つや

おしめりの朝顔市や団十郎

仄かなる恋の糸口螢の夜

天上の彼の声恋し秋の暮

尼寺の紅葉かつ散る吾の肩に

山車は地を闇を開くは冬花火

七草のみどりを刻む音軽し

母の手と重なり合ひし恋歌留多

坪庭のちさき日だまり福寿草

「音の風景」

初春や箏の奏づる波の音

飴切のリズム乱れぬ二日かな

押し合うて軋む流氷海の哭く

子雀や「いいのいいの」の二歳の子

春雷や覗き見したる別世界

願はくは牡丹の如く崩れたし

夏霧や羊寄り来る鈴の音

スコール止み熱気渦巻くケチャダンス

千人の「歓喜の歌」やクリスマス
音を吸ひ雪の深さにある静寂

滴りの崖にはじまる水の旅

「水の旅」

せせらぎのお鷹の道の海芋咲き

放流の螢の乱舞神田川

髪洗ふ深き濁りのメコン川

海の日や勝海舟の夢大き

夕立や黒鍵のみのプレリュード

秘め事は露二粒の重さかな

白壁の続く掘割水の秋

湯治場の剣のやうな軒氷柱

音爆ぜて呪縛を解きぬしづり雪

「色のアンソロジー」

天地の序幕上がりぬ初茜

風わたる朱の回廊や午祭

早春のひかりの中の木末かな

はくれんのシャンデリアめく夕まぐれ

武蔵野のけふの濡れ色七変化
秋の昼少し濃いめのレモンティー

林中に五百万本曼珠沙華

窓の灯やひらひらはららと雪のこゑ

ポインセチア家族の集ふ愛の卓

明日あるを信ずるしるし冬夕焼

「ぶらり武蔵野」

烏帽子取られ怒声飛び交ふ暗闇祭

太宰忌や富嶽を望む跨線橋

ほうたるの水草の匂ひ掌に

朝焼や縄文人の住みし川

秋深し暗渠に潜む水のこゑ

むさし野に齢いくたび足す小春

落葉踏むここぞ武蔵野平林寺

達磨市絵巻繙くお練りかな

父母眠る武蔵野林の春落葉

春惜しむ象のはな子は小さき像

「光と影」

朧夜のたれか誘ふ笙の笛

うららかやみづかげろふのうかれやう

亀鳴くや光と影を背にのせ

闇籠めに夢幻さまよふ薪能

海亀の産みの涙や星輝る

白夜かな薄ら明りの時計台

木漏れ日のたゆたふ茶房パリー祭

カンバスは白磁の器秋灯下

尼寺の厨にぎはし夕紅葉

月の色秘めて臘梅明りかな

花見舟艣声揃へて出立す
「橋いくつ」

青柳や塩の道なる小名木川

麗かや下町散歩橋いくつ

人情も盛る深川の浅蜊めし

雲の峰立志伝なる横綱碑

あきうららおれいまゐりの水天宮

枯柳おいてけ堀の風の道

次々と増ゆる指物大熊手

年用意あれもこれもと合羽橋

着水の静けき水面都鳥

「みなと　横浜」

新年を告ぐる汽笛や空広げ

銀杏落葉踏みて波止場へ昼の月

冬鷗コンテナ船は鉄鎖垂る

掌に包む豚まん冬ぬくし

春の海ウッドデッキはくぢらの背

郷愁の海を見てゐる春ショール

不死男忌や大桟橋の大夕焼

私すフランス山の蟬時雨

蜩や十字架《クルス》の墓は海を向く

横浜は人種の坩堝鳥渡る

あとがき

句集の上梓など考えもしなかった私が急に思い立ったのは、傘寿を迎える年の初めです。古希を記念して応募した結社の田園賞は、通算一〇回になりました。その歩みを残しておきたいと思ったこと、また環境の変化などの日常を俳句を通して、自分自身にまた、家族に残しておきたいと思ったからです。

私と俳句との出会いは、二〇〇九年四月からの読売カルチャー荻窪の「こころの俳句」です。上田日差子先生と皆様の和やかな雰囲気に惹かれ即座に入れていただきました。また、急逝した夫との離別の年月とも重なります。

本句集には二〇一〇年から二〇二四年までの三五七句を収めました。

タイトルは、田園賞応募作品「音の風景」から取りました。

私は静寂も好きですが、音楽が好きです。私の回りには、常にいろいろな音が流れています。予期せぬ病にかかり入院し、病院から投函した作品です。

上田五千石先生は、「俳句をやると幸せになるよ」と言われていたそうですが、私も夫との別れ、数回の入院、コロナ禍の家籠りなどを、乗り越えられたのは俳句のお陰です。今回句集を編むことは、遅まきながら自分探しの旅への一歩でもあります。

句集上梓にあたり、多くの方々にお世話になりました。日頃の熱心なご指導とご助言と、身に余る序文を頂きました「ランブル」の上田日差子主宰、いつも温かく接してくださる句友の皆様、装丁の君嶋真理子様に心からの感謝を申し上げます。また、私に元気と楽しみを与えてくれ、支えてくれた家族にありがとう。

二〇二五年　弥生

槇かをり

著者略歴

槇 かをり（まき・かをり）

本名　片寄尚子（かたよせ・なおこ）

1944年（昭和19年）11月2日　東京に生まれる

2009年（平成21年）4月　読売カルチャー

「こころの俳句」受講

9月 「ランブル」入会

2013年（平成25年）「ランブル」同人

10月 「ランブル」新人賞

俳人協会会員

現住所　〒167-0022

東京都杉並区下井草3-12-9　片寄方

句集　音の風景　おとのふうけい
二〇二五年五月五日　初版発行
著　者――槇 かをり
発行人――山岡喜美子
発行所――ふらんす堂
〒182-0002 東京都調布市仙川町一―一五―三八―二F
電　話――〇三（三三二六）九〇六一　ＦＡＸ〇三（三三二六）六九一九
ホームページ https://furansudo.com/　E-mail info@furansudo.com
振　替――〇〇一七〇―一―一八四一七三
装　幀――君嶋真理子
印刷所――日本ハイコム㈱
製本所――㈱松 岳 社
定　価――本体二八〇〇円＋税
ISBN978-4-7814-1732-5 C0092 ¥2800E